V&R

Detlev Block

Tapfer bis fröhlich

Gedichte

Vandenhoeck & Ruprecht

DETLEV BLOCK
zum 75. Geburtstag

Bibliografische Information der Deutschen Nationalbibliothek

Die Deutsche Nationalbibliothek verzeichnet diese Publikation in der Deutschen Nationalbibliografie; detaillierte bibliografische Daten sind im Internet über http://dnb.d-nb.de abrufbar.

ISBN 978-3-525-66001-0

Umschlagabbildung und Innenabbildungen:
Thomas Hirsch-Hüffell, Hamburg

Satz: Daniela Weiland, Göttingen
Druck und Bindung: ⊕Hubert & Co, Göttingen

Gedruckt auf alterungsbeständigem Papier

Inhalt

Der Autor

Detlev Block, 1934 in Hannover geboren, Theologe und Schriftsteller in Bad Pyrmont, gehört zur kleinen Gruppe profilierter zeitgenössischer Lyriker, die aus christlicher Motivation schreiben. Seine Texte begnügen sich nicht mit den Vorfindlichkeiten und Beschreibungen des Lebens, sondern peilen – ausgesprochen oder unausgesprochen – das Dahinterstehende, die geistliche Dimension der Sinnfrage an.

„Seit langen Jahrzehnten gehören Blocks Gedichte für den Aufmerksamen mit zu der lyrischen Landschaft unserer Gegenwart; sie haben eine unauffällige, klare, präzise Schönheit." (FAZ)

Viele seiner Kirchenlieder (über vierzig) stehen inzwischen in den verschiedenen Ausgaben des Evangelischen Gesangbuchs sowie in den offiziellen Gesangbüchern anderer Kirchen.

„Detlev Block kann etwas ganz Seltenes: Lieder schreiben, die einfach sind, aber nicht simpel, die ohne jede Sentimentalität zu Herzen gehen, die weder epigonal noch verkrampft zeitgemäß sind, sondern einfach klar und schön." (Rainer Malkowski, Lyriker)

Glaube

Alle diese Glücke

Es ist nicht immer
das Wort,
das mich glücklich macht,
morgens
das Aufstehen,
abends
das Einschlafen erleichtert.

Oft ist es
ein Anruf, der kommt,
eine Gedichtzeile, die ich entwerfe,
ein Gespräch im Nachklang,
die Stunde der Zärtlichkeit,
ein Augenaufschlag der Kindheit,
ein Stern über dem Balkon.

Aber weil ich das Wort kenne,
weiß ich,
dass alle diese Glücke,
mit denen ich manchmal
aufstehe und einschlafe,
Zeichen und Angebote
seiner Liebe sind.

Alles oder nichts

Wer hat
dieses Klischee auf dem Gewissen,
diese Vollmundigkeit
landauf, landab?

Immer sagen sie: Alles.
Immer erwarten sie: Immer.
Immer wissen sie: So
und nicht anders.

Seine Sprache ist anders.
Fang an, sagt er,
hier an dieser einen Stelle.
Vielleicht geht es so.

Am Schreibtisch

Psalm

Gott ist ein Bleistiftspitzer.
Er dreht und wendet uns
in seiner Hand,
um zuzuschneiden.
Wir werden immer kürzer.

Er will nicht Holz, nur Blei.
Er will nicht Stift, nur Schrift.
Er will die Zahl, das Bild,
den Namenszug.
Verschrieben, abgebrochen, weggetan –
was tut's!
Die Spur auf dem Papier,
vielleicht ein Komma nur,
die ist genug.

Wir wollen Gottes Gärten zeichnen,
Gottes Romane schreiben
(natürlich nur im Konzept),
Gottes Ideen skizzieren,
seiner schöpferischen Tätigkeit
dienlich sein,
solange es geht.
Wir wollen leiden.

Gott dreht und wendet uns
in seiner Hand,
um zuzuschneiden.
Wir werden immer kürzer.
Gott ist ein Bleistiftspitzer.

Andacht

Wind, so viel Wind.
Wo der herkommt und hingeht
eine Geschichte lang.
Jetzt spürst ihn du.

Der Gesang der Bäume,
unverlassen, wer ihn vernimmt,
ein Lied
im höheren Chor.

Augenblicke gibt es,
da streift dich das Unbeweisbare
so selbstverständlich
wie der Atem der Erde.

Getrost,
der Wind wird nicht alle,
der Himmel hat viele Farben,
irgendein Wetter ist immer.

Anmerkungen zur Architektur

Das Kreuz
ist vom Fenster,
predigen heute die Häuser:

Es sei überholt
und
zu wenig lichtdurchlässig.

Nur
wenige Häuser
haben es wieder entdeckt:

Es verleiht
Wärme, Geborgenheit
und persönlichen Stil.

Dabei lebt jedes Haus,
ob alt oder modern,
privat oder öffentlich,

innen und außen,
sichtbar und unsichtbar,
ästhetisch und statisch

vom regen Gebrauch
der Senkrechten
und der Waagerechten.

So gesehen,
ist das Kreuz
nie vom Fenster.

Argumente für Ostern

I

Nicht das leere Grab.
Irgendwo
werden die Knochen gelegen haben.

Nicht die späten Texte.
Sie sind
keine Protokolle.

Nicht das Fazit der Zunft.
Es enthält mehr Fragen
als Antworten.

Nicht das Rezept
von Tante Bertha.
Alter schützt vor Torheit nicht.

Wenn etwas: Du selbst.
Womit sich dein Vertrauen begründet,
deine Liebe ernährt.

Wenn ja,
beginnen Grab, Texte und Zunft,
auch Tante Berthas Rezept zu reden.

II

Mitten in der Gedankenlosigkeit
von einem Gedanken erfasst.

Er begann,
wie alle Gedanken beginnen,
mit: Ich aber sage euch.

III

Heute traurig,
morgen fröhlich,
übermorgen
plus minus null.

In allen Stimmungen
aber
seine Zustimmung
entdecken.

IV

Hundertmal gelesen,
hundertmal ausgesprochen –
plötzlich im Zweifel.
Ich muss hingehen
und nachsehen,
was da
wirklich steht.

Credo

Ich glaube nicht
an die Bibel –
aber an den,
den die Bibel
zu bezeugen versucht.

Ich glaube nicht
an Ostern –
aber an den,
den die Osterbotschaft
lebendig nennt.

Ich glaube nicht
an die Kirche –
aber an den,
der in der Kirche, trotz der Kirche
Menschen verwandelt und eint.

Credo eines Poeten

Liedlos
vergeht mir
Tag um Tag.

Mein Kreuz,
das ich
auf mich nehme

und ihm nachtrage,
bis es
Ostern wird.

Credo zum Thema Glück

Ich kann
Pech haben,
ich kann
Schwein haben:

Mein Glück
ist nicht Glücksache.

Der Sinn des Innen

Nach Laotse

Was ist der Sinn des Innen,
das man nicht sehen kann?
Es gibt dem Außen Inhalt,
und darauf kommt es an.

Gefäße formt man edel,
doch erst der Platz darin
verleiht zum Wasserfüllen
den Krügen ihren Sinn.

Die Türen und die Fenster
führt man mit Bauholz aus.
Doch erst das freie Innen
macht Raum für Raum zum Haus.

So ist, was sicht- und greifbar,
von großem Nutzen zwar,
das Wesentliche aber
bleibt für uns unsichtbar.

Der Unterschied

Er sagt
du zu mir
und gibt mir Vollmacht,
ich zu sein.

Sie sagen:
Liebe Gemeinde!
und vereinnahmen mich
in ihren dritten Artikel.

Aber der Weg
in den Plural
führt nur
über den Singular.

Dreimal ruhig zu lesen

Jetzt
atme ich
diese Luft.

Jetzt
berühre ich
deinen Arm.

Jetzt
gehe ich
meinen Weg.

Jetzt
erfinde ich
diesen Satz.

Jetzt
glaubt Gott
an mich.

Du wirst es sein

Kommst du
als Katastrophe,
als Sturm und Eiseskälte,
als Wasser,
als Hitze und Feuer,
als Einschlag?

Kommst du
als Krankheit,
als Schmerz und Schwäche,
als Atemnot,
als Unfall und Überfall,
als Schreck oder Schock?

Kommst du
als Erlösung,
als Schlaf und Traum,
als Einverständnis,
als Ruhe und Frieden,
als Vollendung?

Wie du auch kommst,
du wirst es sein.
Gib mir ein Zeichen,
wenn es so weit ist,
dass ich dich erkenne
mitten im Untergang.

Eingabe

Er ruft uns
in seine Nachfolge
und befreit uns
aus unseren Zwängen.

Wir berufen uns
in Ämter und Pflichten
und legen uns eine Last
nach der anderen auf.

Das Evangelium
verschwindet im Gesetz.
Oder verwandelt es unter Tage
unser Müssen in Dürfen?

Eschatologie

I

Die Geschichte der Welt:
Eine Waagerechte,
die unbekümmert
weiterläuft.

Mein Stündlein:
Eine Senkrechte,
mich jäh
herausreißend.

Und Waagerechte
und Senkrechte
– Geometrie des Glaubens –
treffen sich in Ihm.

II

Ein Schlag
abends
beim Schaufensterbummel.

Oder
ein Wagen frontal
gegen meinen.

Oder
so um die Sechzig
der Raucherkrebs.

Ubi et quando
visum est
deo.

III

Ein Skatspieler,
in seinen gekonnten Grand vertieft,
sieht plötzlich auf,
orientiert sich in der Wirklichkeit:
Wie spät ist es eigentlich?

Für den Ernstfall

Wo ich liege
– einerlei.
Erde ist überall.

Ich habe die Sterne
studiert und geliebt.

Du
und ihr
werdet euren Weg machen.

Ich habe Tag und Nacht
die Hände für euch gefaltet.

Über meiner Trauer
verzweifle
ich nicht.

Er selbst fing an
zu trauern und zu zagen.

Meine Schuld
bekümmert
mich nicht.

Er sagte oft:
Geh hin in Frieden.

Was
sein
wird?

Wer Gott sagt,
sagt Zukunft.

Ich glaube,
ich habe nichts verschwiegen.

Gebet bei einer Hauseinweihung

Mach uns
zu einer Tür
in deinem Haus,
die fest
in den Angeln sitzt.

Nur so
schwingen wir frei
und beweglich
hin
und her,

können
wir uns öffnen
und viele
ein- und
ausgehen lassen.

Der du die Tür bist,
mach uns
zu einer Tür,
die fest
in den Angeln sitzt.

Händelkonzert

Nicht sitzen bleiben können.
Aufstehen müssen.

Es kann
nicht so weitergehen.
Es muss
etwas geschehen.

Dem zu Ehren,
der dies gelingen ließ.

Auch von mir.

Jesus

Was hättest
du dazu gesagt?
Was hättest
du getan?

So denke ich
manchmal
und schließe
lange die Augen.

Schon dies,
über alle Antwort
hinaus,
tröstet unsäglich.

Kommt eine Zeit

War eine Zeit,
da ich nicht war,
wohl tausendmal
Millionen Jahr.

Jetzt ist die Zeit
geheimnisvoll,
dass ich als Mensch
bestehen soll.

Kommt eine Zeit,
vielleicht schon bald,
da ist mein Sein
und Tun verhallt.

Wo komm ich her,
wo geh ich hin,
wenn ich nur Gast
der Erde bin?

Als Antwort sei
getrost bekannt:
Aus Gottes Hand
in Gottes Hand.

Loblied aufs Evangelium

Am Abend
des Totensonntags
Kaiserwalzer
und Binger Rosengarten.

Nach der Amtshandlung,
noch während ich mich umziehe,
freue ich mich
auf den vergnüglichen Kuss meiner Frau.

Dafür lasse ich
bei der nächsten Gesellschaft
nicht locker
und stoße aufs Thema Tod.

Und im schönen Advent
verweise ich absichtlich
auf das unangenehme Violett
der Paramente.

Ob Hoffnung ist

Manchmal trete ich vor die Tür,
atme aus und ein, reibe die Augen,
halte Ausschau, ob Hoffnung ist.
Ich beobachte die Luft,
stelle die Färbung des Windes fest,
bestimme den Stand der Sonne
über meinem Haus,
prüfe die Verlässlichkeit der Straße.
Wo soll ich es ablesen?
Die Freundlichkeit der Passanten
ist veränderlich.
Auch die Zeitungsfrau
bringt keine Gewissheit.
Oder sollte es
am eigenen Herzschlag liegen,
am Zustand des Magen-Darm-Systems,
am Kalziumgehalt meiner kleinen Philosophie?
Die Fenster in der Nachbarschaft
gucken verdächtig.
Da denke ich dann an den,
der noch im Aberglauben den Glauben sah,
die heimliche Hand nicht zurückwies,
die sein Gewand berührte,
nur sein Gewand,
um zu sehen, ob Hoffnung ist,

und greife blind in den Morgen.

Resümee

Schimmer
nach welchem Geschick?
Metapher
aus welcher Ballade?

So oder so,
Kurve oder Gerade:

Immer
im unteren Augenblick
neigt sich
die Leiter der Gnade.

Schnittpunkte, Brennpunkte

Ob die Senkrechte
die Waagerechte
oder die Waagerechte
die Senkrechte schneidet –

wo sie sich treffen,
entsteht ein Kreuz,
und der Dornbusch
beginnt zu flammen.

Schön zu leben

Schön zu leben,
sage ich,
obwohl vieles dagegen spricht.
Ich weiß, und wer wüsste nicht!
Schön zu leben,
sage ich heute,
obwohl ich gestern anderer Meinung war,
und morgen, was tut's!
Schön zu leben,
sage ich uneingeschränkt.
Es wird viel zu wenig gesagt.
Schön zu leben
auf unserem blauen Planeten
in dieser Gegend, zu dieser Zeit,
mit diesem umgrenzten Ich.
Schön zu leben
mit der Schlüsselblume in der Hand
und dem Staub,
den wir von den Füßen schütteln.
Schön zu leben
unter dem Meer der Heiterkeit
und dabei um den glühenden
Atomofen zu kreisen.
Schön zu leben
und den unvollkommenen
Menschen zu lieben,
dessen Geheimnis zu beweisen
ich mich schäme.
Schön zu leben,
weil es dich gibt, Nazarener,
und dein Manifest der Hoffnung,
an das ich glaube.

Standkreuz

Telefon, Arbeitslampe,
zwei Terminkalender,
Schreibmaschine, Briefe
und Bücher, Bücher.

Was wäre das alles,
stände nicht in der Mitte
unablässig ermutigend
das Kreuz.

Steinerne Predigt

Die Steine
meiner Kirche predigen.
Sie predigen
jetzt hundert Jahre.

Sie predigen
nicht Sehenswürdigkeit,
nicht schöne Lage,
sie predigen Ihn.

Sie predigen
unaufdringlich
einer ganzen Stadt,
ohne zu ermüden.

Den Gleichgültigen,
den Zweifelnden,
den Suchenden,
den Sicheren.

Sie predigen
in einer Sprache,
die jeder versteht,
jeder zu jeder Zeit.

Irgendwann schaut
immer jemand herauf.
Keiner kommt hier
ohne Predigt vorbei.

Wenn ich mich
unter den Turm stelle,
bin ich ganz klein
und verstumme.

Wenn ich
das Gestein berühre
und mich anlehne,
bin ich getröstet.

Theologe

Für Heinz Zahrnt

Wenn ich
sonst alles vergäße,
was er gesagt
und geschrieben hat,

ein Satz von ihm,
aus Zweifeln und Ängsten
mir selbst
zum Credo geworden,

bliebe stehen
in meinem Gedächtnis:
Gott ist größer
und das Leben wichtiger.

Vaterunser 69

Liebe in Person,
überall und nirgends.
Überall da und am Werk,
aber nirgends zu erkennen
ohne die Augen Jesu.

Du hast einen Namen.
Gib, dass wir ihn aussprechen
und nicht verschweigen.

Mach auch durch uns sichtbar,
wer du bist
und wie du es mit der Welt meinst.

Überzeuge uns davon,
dass wir viel tun können
für deine Sache.
Lass uns das Machbare
verantwortlich tun
und da, wo uns die Hände gebunden sind,
vertrauen.

Ermögliche allen Menschen
menschenwürdige Verhältnisse,
leiblich und geistig.
Lass uns selbst dafür arbeiten,
so wie Er es getan hat.

Mach täglich
einen neuen Anfang mit uns.
Ganz gleich, was war.
Wir wollen dasselbe
mit unseren Mitmenschen versuchen.

Und hilf uns bei schweren Entscheidungen,
das Rechte zu tun,
damit wir die Probe bestehen.
Dein Herz schlägt ja
auf der Seite des Sieges.

Nur mach uns frei von Selbstsicherheit
und Resignation
und der irreführenden Macht,
die in beiden wirkt.

Denn dir gehört alles.
Bei dir ist kein Ding unmöglich.
Du bist die Liebe für alle Zeit.
Wirklich.

Weihnachtsoratorium

Melancholie
zwischen den Festtagen.

Das Jahr
geht zu Ende.
Ich mit.

Nur eine Waffe
dagegen:
Bach auflegen.

Johann Sebastian Bach:
Fallt mit Danken, fallt mit Loben.

Laut, dass es
in die Ohren trompetet,

ob ich es
endlich, endlich begreife.

Wort vom Wort

Es
muss ja nicht
mein Eigen sein,

ich
möchte es mir
nur selbst zusprechen

und
es auch annehmen können –

das mich erlösende
Wort vom Wort.

Zeichensetzung

Den Satz nachgestellte
genauere Bestimmungen
werden durch den Beistrich abgetrennt,
besonders vor
und zwar, und das, nämlich.

Beispiele:
Er war Mensch,
und zwar in Wort und Tat.

Er lässt uns nicht los,
und das nach zweitausend Jahren.

Er hat ein Zeichen gesetzt,
nämlich das Kreuz.

Zweitausendmal auf dem Friedhof

Zweitausendmal versucht zu trösten
beim Todesfall und Abschiedsschmerz
im Namen unsres Herrn und Größten
mit Wort vom Wort, Verstand und Herz.

Zweitausendmal dem Gang des Lebens
und Sterbens achtsam nachgedacht,
den Mut des Dankens und Vergebens
in das Gedenken eingebracht.

Zweitausendmal den Weg begleitet
im Jahreszeiten-Auf-und-Ab,
den Weg, den man in Stille schreitet
von der Kapelle bis ans Grab.

Zweitausendmal die Handvoll Erde
auf Urne und auf Sarg gestreut,
das österliche Stirb und Werde
verkündet unter dem Geläut.

Zweitausendmal mit Tränenwischen
die vielen Menschen dicht bei dicht
und Anteil nehmend oft dazwischen
vertraut, geliebt dein Angesicht.

Zweitausendmal – und immer enger
ziehn sich die Kreise um uns her.
Das Dasein, dauert es noch länger,
naht schon die Grenze mehr und mehr?

Zweitausendmal – wann kommt das eine
und eigne Mal auch auf uns zu?
Wer geht vom Friedhof dann alleine?
Bin ich es oder bist es du?

Zweitausendmal in Gottes Namen!
So gebe er am Ziel der Zeit
auch dir und mir sein Ja und Amen
und all den Unsern sein Geleit!

Hoffnung

Über den Berg gesungen

Abendtherapie

Der Abend
zeigt seine Wunden.
Hofft er
auf deine Therapie?

Den Stand der Dinge
verlassen,
um nicht zu ihm
zurückzukehren.

Genugtuung
in Schmerz,
den du
begierig durchspielst,

bis er dich
erleichtert
und gelassen
entlässt,

es auch morgen
und übermorgen
zu versuchen
und standzuhalten.

Der Abend
zeigt seine Wunden.
Dies ist
deine Therapie.

Alpenwolken

I

Auch die Gipfel,
die keinen ewigen Schnee tragen,
haben etwas Adventliches
mitten im Sommer.
Der Himmel berührt sie
mit seinen geliebtesten weißen Wolken
und umwirbt sie so sanftmütig,
als käme das Wunder der Versöhnung
noch einmal herab
auf dieses armselige Fleckchen Erde.

II

Heute
hängen die Wolken tief
und verkleinern die Berge.
Ich, der Flachländer aus dem Norden,
atme erleichtert auf.
Einen Augenblick gebe ich mich gern
der schönen Täuschung hin,
der Himmel sei größer geworden.

III

Schön muss es sein,
da oben
an der Baumgrenze zu stehen
und die Wolken zu berühren.

Du steigst hinauf,
und deine begeisterte Hand
greift, deutlich spürbar,
in lauter Nichts.

Aufgang mit Löwenzahn

Wahrgenommen
bleibe ich stehen
und bücke mich.

Gelb blüht es
aus den Treppenstufen
mir entgegen.

Und springt über
auf mich
tapfer bis fröhlich.

Erleichtert
richte ich mich auf
und gehe meines Weges.

Nur
das Verborgene
heilt den Verborgenen.

Beim Lesen einer Grabinschrift

Heiterkeit,
die sich einstellt,
wenn du die Trauer
ausgehalten hast.

Ja sagen können
nach so viel Nein,
weil der Umweg
kein Umweg war.

Worte wie Efeu,
an denen du dich
blank geredet hast,
erheben sich leicht in die Luft.

Wenn du tot sagst,
was sagst
du
dann?

Bis dahin

Erst wenn
du die Tür schließt,
kannst du dich öffnen.

Erst wenn
du die Vorhänge zuziehst,
beginnt die Lampe zu leuchten.

Erst wenn
du leiser und leiser sprichst,
wirst du verstanden.

Aber bis dahin

wirst du noch viele Türen öffnen,
viele Vorhänge beiseiteschieben,
viele laute Worte sprechen,

in der Meinung,
das sei es.

Bruder im Hier

Nimm dich wichtig,
bis du dir
unwichtig wirst.

Lerne,
damit du lernst,
was unlernbar ist.

Die Welt verändern –
wer wäre nicht dafür!

Aber wovon leben
und womit sterben,
bis sie verändert ist,

Bruder im Hier?

Dies jetzt ist Leben

Dies jetzt ist Leben.

Wieder
mit überzogenem Konto
den Monat beginnen.

Dies jetzt ist Leben.

Mit kaputten Zähnen
sprechen
und lachen müssen.

Dies jetzt ist Leben.

Die Tage sind zu
wie die hundertjährige Allee
in der Perspektive.

Dies jetzt ist Leben.

Was du dennoch leistest,
wird dennoch
nicht registriert.

Dies jetzt ist Leben.

PS: Die Nachzahlung kommt.
Der Zahnarzt ist dein Freund.
Die Termine lösen sich auf.
Einer sieht dich.

Dies jetzt ist Leben.

Einübungen

Wege gehen,
die vor der Stille
bestehen.

Dinge handhaben,
als hätten wir sie nur
geliehen.

Worte sagen,
als wäre man nur noch
eine Weile da.

Zeichen setzen,
die befreiend über uns
hinwegweisen.

Erleichterung

Manchmal
gehe ich um mein Haus herum
wie ein Fremder
und freue mich auf die Zeit,
in der es mich hier
nicht mehr gibt.

Haufenwolke

Keine Minute
wahrt sie die Form
und bleibt doch immer
Wolke.

Ein anderer sein,
jeden Tag,
ich möchte es nur
wie sie.

Hausspruch

Das Haus bewohnen wir
bis auf Weiteres.
Es gehört uns nicht.
Dennoch freuen wir uns,
gehen ein und aus,
haben es eingerichtet,
sagen: Zu Hause.

Im Garten gehört uns
keine Handvoll Erde.
Aber wir säen Rasen,
pflanzen Sträucher und Bäume,
sonnen uns auf der Terrasse
oder feiern mit Freunden
bis in die Nacht.

Wir wissen nicht,
wie lange
und unter welchen Umständen
wir leben werden.

Dennoch planen und sorgen wir,
dennoch ziehen wir Kinder auf,
rechnen mit morgen und übermorgen,
hoffen auf Jahre.

Aus Vertrauen.

Hinterland

Beobachte mal:
Das Hinterland wechselt.

Beruf
und nicht Familie.

Familie
und nicht Beruf.

Weder Beruf noch Familie,
Hobby.

Beobachte mal:
Das Hinterland schrumpft.

Stunden kommen,
die haben kein Hinterland.

Keine Tapetentür.
Keine Zauberformel schlägt an.

Beobachte mal:
Sie sind die besten.

Leicht zum Loslassen

Bitterkeit,
die das Herz
schwer macht.

Ja – aber
es gibt auch
eine Bitterkeit,

die das Herz
leicht macht,
sage ich.

Leicht
zum Loslassen
und Davonfliegen.

Nächtliches Gleichnis

Solange das Licht brennt
über meinen sieben Sachen,
steht draußen
beängstigend groß die Nacht.

Knips ich es aus
und die Augen gewöhnen sich um,
öffnet sich im Fenster
eine ungeahnte Helligkeit.

Sie gibt meine vier Wände
als dunkles Verlies zu erkennen
und verbindet mich
mit einer leuchtenden Ferne.

Neustes Modell

Meine Brille
damals.
Unmöglich,
lache ich heute.

Und
staune nicht schlecht,
wie ich
das gleiche Gestell

beim Optiker Nummer eins
als neustes Modell
im Schaufenster
entdecke.

Was für
eine Hoffnung
für einen
kurzsichtigen Lyriker!

Auch
wenn er inzwischen
keine Brille
mehr braucht.

Nichts geht zu den Akten

Wein noch immer getrunken,
Wind noch immer gehört.
Nichts ist entsunken.
Nichts zerstört.

Immer noch Frage um Frage
und der Versuch der Nacht.
Schmerz, dem ich Abschied sage,
kommt wieder und lacht.

Jahre, die lautlos versackten,
Sehnsucht, die lange gefror –
nichts geht zu den Akten.
Alles steht noch bevor.

Operettenmelodien

Lächeln.
Aber nicht geringschätzig.

Wein
erneut nachschenken.

Mein Hirn,
an Gleichnisse gewöhnt,
hat eine Entdeckung gemacht:
Ja sagen.

Ich kann ja sagen.

Prognose

Was du sagen möchtest.
Was du vielleicht
schon lange nicht mehr
gesagt hast.

Was du tun möchtest.
Was du vielleicht
schon lange nicht mehr
getan hast.

Was du erleben möchtest.
Was du vielleicht
noch nie im Leben
erlebt hast.

Sag es! Tu es!
Erlebe es!
Und auch das wird nicht
des Rätsels Lösung sein.

Schlafzimmerschrank

Erinnere dich,
wie es war:
Kommen und Gehen.
Immer nur
Zimmerheimat gemietet
auf Zeit.

Habseligkeiten –
in wie viel Schränke,
auf wie viel Bügel
gehängt!

Öffne die Türen
und liebe die Häuslichkeit.
Gut sind
Haben und Horten,
Kinderzeug, Frauenkleid.

Schließe die Türen.
Fasse die Koffer ins Auge.
Gut sind
über den Fächern
des Habens und Hortens
die Symbole des Aufbruchs.

Sichtweise

Dass einmal
alles aus sein wird –
Augenblicke gibt es,
da tut es wohl.

Vor dem Zeitpunkt
aussteigen zu können –
sich mit diesem Gedanken
insgeheim zu rüsten,

mobilisiert
unbändige Kräfte,
es noch einmal
mit dem Leben zu wagen.

Straßenlaternen

Das Licht im Rücken
gehe ich
in meinem eigenen Schatten;
er wird lang und länger.

Das Licht vor Augen
habe ich meinen Schatten
hinter mir;
er irritiert mich nicht.

Ein einfaches Gesetz.
Aber wie lange
habe ich gebraucht,
es zu entdecken.

Trost am Abend

Irgendwo
liest jetzt jemand
ein Gedicht von mir.

Der Schmerz,
von einem Unbekannten
verstanden zu werden.

Oder kosmisch:
Wie viel bewohnbare Planeten
in unserer Milchstraße?

Ein Stück
funkelndes Erstaunen,
nicht zum Erlöschen zu bringen:

Die paar Jahre noch,
bis ich zu euch heimkehre
ins Unsichtbare.

Über den Berg gesungen

Wenn der Wind nicht wäre
und die Wolke im Blau,
nähme ich alles Schwere
viel zu schwer und genau.

Würde nicht Nähe zur Ferne,
Letztes von Zweifeln erreicht,
wäre der Weg, den ich lerne,
vordergründig und leicht.

Wenn nicht Geheimnis bliebe,
was mir warum widerfährt,
wäre die Welt keine Liebe
und keine Traurigkeit wert.

Vermächtnis der Birke

Kein Zweifel,
ich vermisse dich.
Ja, ich sehe dich noch
an deinem Platz,

so oft ich
auf die Terrasse trete
oder in die Zufahrt
zur Garage einbiege.

Seit wir hier wohnen,
gehörtest du dazu
mit deiner schmucken
zärtlichen Gestalt.

Du sahst unsere Kinder
und Katzen aufwachsen
und machtest uns
die Jahreszeiten vertraut.

Wie viel Blicke
flogen in dich hinein,
wie viel Gedanken und Bilder
löstest du aus!

Nun brach dich der Sturm
über Nacht.
Zersägt und abgefahren
hinterließest du eine Lücke.

Und stehst doch noch da,
nur für mich,
die weiße Krone österlich
ins Blau gehoben.

Zu Lebzeiten
anmutige Schwester und Freundin,
hast du uns
durch deinen Tod

ein Stück Himmel
zurückgebracht.
Unser Grundstück
ist heller geworden.

Welch ein Vermächtnis,
wo doch sonst
alles Sterben um uns
nichts als Dunkel verbreitet.

Vor dem Letzten

Ich bitte nicht um einen Engel,
der alle Dunkelheit vertreibt.
Ich bitte nur um einen Engel,
der mir ein Licht im Dunkel bleibt.

Ich bitte nicht um einen Engel,
der alle Antwort weiß und sagt.
Ich bitte nur um einen Engel,
der Fragen auszuhalten wagt.

Ich bitte nicht um einen Engel,
vor dem die Bitternis vergeht.
Ich bitte nur um einen Engel,
der mich und meinen Schmerz versteht.

Ich bitte nicht um einen Engel,
der mir das Paradies verspricht.
Ich bitte nur um einen Engel,
der mir zuflüstert: Fürcht' dich nicht!

Vorgang

Während er
die Augen schloss,
sind ihm die Augen
aufgegangen.

Was können wir mehr

Über dem leeren Blatt
geduldig warten,
bis sich auf ihm
ein paar Buchstaben regen.

Den dämmernden Himmel
so lange betrachten,
bis sich die ersten Sterne
bemerkbar machen.

Wieder und wieder
deine Stimme erhorchen,
bis sie leise
zu reden beginnt.

Was können wir mehr,
wir Ohnmächtigen,
als dem Wunder zutrauen,
dass es geschieht.

Wiederkäuer

Ein Gespräch,
das keins war,
kann manchmal
noch eins werden.

Nur dass es
Stunden und Tage
später stattfindet
und allein.

Zwischendurch

Zwischendurch
schon einmal den Tag vor dem Abend loben.
Nur zwischendurch.

Zwischendurch
schon einmal das Zeitliche segnen.
Nur zwischendurch.

Zwischendurch
schon einmal im Grabe liegen.
Nur zwischendurch.

Zwischendurch
schon einmal auferstehen.
Nur zwischendurch.

Liebe

Von dir zu dir

Ältere Ehe

Bei ihr hat er es gut.
Das lästige Amt,
die eigenen Fehler zu erkennen
und beim Namen zu nennen,
nimmt sie ihm gänzlich ab.
Ihrer liebevollen Aufmerksamkeit
entgeht nichts.

Dagegen überlässt sie ihm
die dankbare Aufgabe,
Gutes an sich zu entdecken
und gelegentlich
leise daran zu erinnern.
Da nimmt sie ihm
kein Wort aus dem Mund.

Am Blumenstand

Nimm lieber von den Tulpen,
die halten sich länger.

Ist doch egal, sagt er,
gelb ist hübscher,
und vergehen müssen wir alle einmal,
früher oder später.

Und kauft
einen großen Strauß Osterglocken.

Am Fenster

– Für Karin –

Vormittaglich im Neuschnee blühend
tut sich der Klostergarten dar
und feiert innig Januar,
wo wegentlang das Weiß sich häuft
und drüberhin halb golden glühend
ein rosa Sonnenhauch verläuft.

Und zimmerher in süßer Schwebe
tropft, perlt, tanzt zagen Glückes voll
Mazurkaspiel: Chopin, cis-moll.
Ach, alles Glück, davon ich lebe,
mitperlend aus dem Edellaut,
vom Goldschnee zärtlich abzulesen,
ist einzig, ferne kleine Braut,
dein herzliches geliebtes Wesen.

Angewohnheit

Nie
nimmt er sich
ganz mit.

Das ist
seine Schwäche,
sagen sie.

Oder
ist es
seine Stärke?

Wohin er geht,
immer
lässt er

etwas von sich
am Schreibtisch
zurück.

Anlass, die Hände zu falten

– Für Barbara –

Wenn ich groß bin.
Aber das ist noch lange.
        Hast du gesagt.

Als du klein warst.
Aber das ist lange her.
        Werde ich einmal sagen.

Aus guter Zeit

Der Tag, Liebste,
verabschiedet sich draußen
ungenau im Regen.

Ein nicht
nennenswerter Tag,
den wir bald vergessen?

Vielleicht
wird er einmal leuchten
aus dem Dickicht der Jahre:

ein Tag
ohne weite Welt,
nur mit dir und mir.

Die Haustür,
aus der wir ihm leise nachsehen,
zögert, sich zu schließen.

Babsi

Du hast eine glatte Haut.
Du hast blanke Augen.
Deine wohlgenährten Schenkel
sind springlebendig.
Meistens bist du obenauf.
Du kannst dich gut festhalten.
Du kannst flott quaken.
Du bist ein Laubfrosch.

Begrüßung der Sonne

Gesegnet seist du, Licht im Osten,
das uns den neuen Tag beschert!
Lass uns den Glanz andächtig kosten,
der unsren Schöpfer lobt und ehrt.

Gesegnet seist du, Licht im Süden,
das hoch in voller Wärme brennt!
Durchglühe unser Herz mit Frieden
von dem, der unsre Kälte kennt.

Gesegnet seist du, Licht im Westen!
Dein Scheiden bringt das Sternenheer.
Du machst die Abschiede zu Festen
und schenkst den Trost der Wiederkehr.

Gesegnet seist du, hoher Norden!
Dir leuchten Ost und Süd und West.
Denn du bist nicht vergessen worden
von dem, der keinen einsam lässt.

Licht, dir sei Dank in jede Richtung!
Wir leben von dir überall.
Die Erde braucht die Himmelslichtung.
Komm wieder, schöner Feuerball!

Besuch in Arcegno

– Für Heiner Hesse –

Erst auf dem Foto
sehe ich,
dass blühende Rosen
das Fenster umranken,

an dem wir gesessen
und miteinander
gesprochen haben,
den Rotwein zur Hand.

Ich nahm es nicht wahr.
Aber gespürt, gespürt
habe ich die ganze Zeit
etwas Vergleichbares.

Botanik der Liebe

Bäume werden widerstandsfähiger
mit jedem Jahr.
Wir werden verletzlicher,
je länger wir uns kennen.

Meine Quitte überwintert
in russischem Frost.
Ich brauche zum Sterben
nur ein Schweigen von dir.

Derselben

Einmal, glaube ich,
hast du mich gesehen.
Wirklich gesehen.
Ich zehre noch heute davon.

Muss es reichen
für immer
oder wirst du mich
noch einmal entdecken?

Jetzt zum Beispiel
in diesem Häufchen Elend,
das sich noch immer nicht
geschlagen gibt,

oder vielleicht übers Jahr,
wenn mein Stern
auf triumphierende Weise
wieder zu steigen beginnt.

Wirst du mich
noch einmal erkennen,
bevor ich
gewesen sein werde?

Die beiden

Wenn sie
in ihrer freien Zeit
zusammensitzen,
tun sie gar nichts.

Nichts ist schöner,
als zu zweit
die Seele
baumeln zu lassen.

Wenn sie
sich gestritten haben,
werden sie
die fleißigsten Leute:

Er wühlt den Garten um,
sie saugt die Wohnung
und wischt sie
treppauf, treppab.

Je nach dem Aussehen
des Gartens und der Wohnung
zeigt sich der Stand
ihrer ehelichen Beziehung.

Dienstagnachmittag

Als sie
miteinander stritten,
fiel sein Blick
plötzlich auf das Fensterkreuz,
und seine Worte
blieben ihm im Halse stecken.

Siehst du,
sagte sie,
ich habe recht.
Du hast mir nichts mehr zu erwidern.
Ich habe recht,
triumphierte sie ahnungslos.

Du

Nun ist dieser Tag,
der keiner war,
ganz zuletzt
doch noch ein Tag geworden.

Durch das Niemandsland
eines langen Schweigens
kämpfte sie sich durch
zu mir,

deine Hand,
sagte gute Nacht
und:
Ich brauche dich.

Ehestück

Du bist weggegangen,
ohne zu sagen wohin.

Zeiten gab es,
was hätten wir da für einen Abend gegeben.

Du bist weggegangen,
weil ich da war:

Schweigend, mürrisch,
im Kampf mit mir selbst.

Du bist weggegangen,
weil ich nicht da war.

Ich war weggegangen,
ohne zu sagen wohin.

Wenn du wiederkommst,
kommst du dann wieder,

bin ich dann da?

Ein Jegliches hat seine Zeit

I Mit Briefen berührt
und kleinen zärtlichen Dingen.

Denk an mich.
Träum was Schönes von mir.

All mein Gedanken,
die ich hab.

II Stell mich nicht auf den Sockel.
Stell mir nach.

Mach keine Sprüche.
Krall mich.

Drück mich,
dass mir die Luft ausgeht.

III Beachte mich,
aber beobachte mich nicht.

Umwirb mich,
aber kreise mich nicht ein.

Umarme mich,
aber erdrück mich nicht.

IV Dann und wann
mal hingucken, mal angucken,

damit du merkst,
dass ich auch noch da bin.

Deine Hand, meine Hand
wenig und viel.

Erwiderung

Wenn ich dich angucke
und du denkst,
ich finde dich schön –
klar, bist du,
bist du wirklich –
wenn ich dich angucke,
bist du nicht gemeint.

Fahrkartenkontrolle

Komm heute wieder!
Die Rückfahrkarte
verfällt
im Laufe des Abends.

Komm heute wieder!
Unabweisbarer
als Bahnbestimmungen
sind die
Rückkehrgebote
der Liebe.

Flieder

Durch das Gitter
Verzweiflung,
über die Mauer
Unabänderlichkeit

dennoch

aus dem Gesträuch
Vertrauen
das violette Bukett
Liebe.

Gehäutet

Unsere Beziehung zueinander
hat sich gehäutet.
Das ist nicht schlecht.
Was ging uns alles
unter die Haut!
Sie wurde zu eng
und platzte.
Jetzt bin ich frei
und du hast lauter
unbeschwerte Tage
zu erwarten.
Wie lange?

Harter Panzer

Wenn du
am ersten Tag
nicht den einen Schritt wagst,
musst du
am dritten drei
und am sechsten sechs
Schritte tun.
Es summiert sich.
Und am Ende
kannst du all die
versäumten Tage und Schritte
nicht mehr nachholen,
weil sich um das Herz
ein harter Panzer legt,
den nichts mehr durchstößt.

Hier zu stehen

Auf diesem Friedhof sind wir oft gewesen,
an vielen offnen Gräbern standen wir.
Nun werden wir hier selber einmal liegen,
ich neben dir, du neben mir.

Friedhöfe haben unser beider Liebe.
Wir könnten da und dort begraben sein.
Doch diese Stadt, in der wir lange leben,
sie wurde unser, dein und mein.

Seltsam und eigentümlich, hier zu stehen,
an unsrer Ruhestätte dermaleinst,
etwas vom schweren Tag vorwegzunehmen,
an dem ich weine und du weinst.

Und doch gibt der Gedanke daran Heimat,
für dann und für die Zeit, die Gott noch schenkt.
Dies Stückchen Erde wird uns beide decken,
wenn uns das Nichtmehrsein umfängt.

Hier wird der Stein mit unsren Namen stehen.
Erst wenn es zwei sind, schließt sich unser Kreis.
Wer geht, wer bleibt, um später nachzukommen,
geboren und gestorben – ach, wer weiß?

Der Jahre Sonne, Wind und Regen kommen
und gehen über unser Grab dahin.
Wie schnell ist man im Flug der Zeit vergessen
und nur die Schöpfung bleibt als Trösterin.

Und eine Ahnung, dass in Gottes Händen
kein Menschenkind und nichts verloren geht
und über allem Sterben und Vergehen
der Glanz und Frieden einer Heimkehr steht.

Im fünfzehnten Jahr

Es ist lange
kein Frühling mehr.
Auch der Sommer
steht bald schon
auf seiner Höhe.

Aber deine Augen,
Liebste,
widerlegen den Kalender.
Sie haben noch immer
blanken Mai.

Je nachdem

Fast alles
haben wir uns gesagt,
finde ich.
Kaum etwas, meinst du.

Morgen vielleicht
ist es
umgekehrt.

Je nachdem
wie viel oder wie wenig
jeder von uns
vom Geheimnis des anderen

ahnt.

Jetzt nach der Wende

Eher verlassen wir das Haus,
als dass wir
durch die angelehnte Tür
ins Zimmer treten.

Aber das ist es ja –
früher war
das Schwere schwer
und das Leichte leicht,

jetzt nach der Wende
fällt uns
das Schwere leicht
und das Leichte schwer.

Kleines Liebeslied

Du hast meine Mütze auf,
meine weiße Mütze
vom Seeurlaub vergangenen Jahres.

Sie steht dir gut
und erinnert an das Glück in den Dünen.

Während du
in der Hörzu blätterst,
sehe ich dich lange von der Seite an.

Mit einem Mal weiß ich,
warum ich die Mütze so liebe.

Sie ist zur Stunde
das Einzige,
was mir an dir gehört.

Kleinliche Stunden

Was habe ich an dir –
mehr Glück
oder mehr Leid?
Kleinliche Stunden sind es,
da beginne ich
tatsächlich zu zählen.
Was soll's,
komme ich mir
ärgerlich dazwischen:
Ich liebe dich doch!
So schäme ich mich
meiner Bitterkeit
und meines Kleinglaubens
bis zum nächsten Mal.

Kleinostern

Morgens
schlagen wir nebeneinander
die Augen auf
und sehen uns an.

Die Nacht
war zwischen uns.
Sie hat nichts
von dir und mir zerstört.

Wir sind andere
und doch dieselben.
Kleinostern,
täglich zu lobpreisen

als Einübung.

Konzert

Ein paar Reihen hinter dir
habe ich meinen Platz.
Violine und Klavier
feiern ersten Satz.

Würdig vornehm lauscht der Saal
kunstbeglücktem Spiel.
Reizend ernst und mädchenschmal
dämmert dein Profil.

Heimlich eine ganze Zeit
rührt mich seine Zier.
Halb bewusst, halb träumeweit
schwärmt mein Blick von dir.

Dieses Abends liebster Sinn
und mein Glück dazu,
bist, wenn ich gegangen bin,
fremde Schöne, du.

Kreise schlagen

Die Stellung räumen,
um sie zu halten.
Gehen,
damit man bleibt.

Lass mich los,
sagst du
und meinst:
Halt mich fest!

Wie viel Kreise
müssen wir schlagen
wegen eines einzigen Schrittes
geradeaus.

Lernprozess

Es sind dieselben Augen,
die mich anstrahlen,
als gäbe es nur mich,
und die an mir vorbeisehen,
als wäre ich nicht da.

Letzte Tage

– Meinem Vater –

Die kranken gelben Hände.
Das kleine gelbe Gesicht.
Das ist wohl doch das Ende.
Mehr nicht.

Unsere Gedanken
fliegen nach Hoffnung aus.
Wir bangen und warten,
aber du bist zu Haus:

Was macht der Garten?
Blühen die Kätzchen jetzt?
Haben die Kirschbäume
Knospen angesetzt?

Nur dies.
Kein Klagen.
Es war deine Art,
nach Gott zu fragen.

Liebeserklärung

Jetzt bin ich erst
ein richtiger Mann.
Ich habe eine Frau
von vierzig.

Mädchen

– Für Julia –

Ich schwärme
noch immer
für das Wort
Mädchen.

Ich denke
an meine Frau,
aus der noch manchmal
ein Mädchen lacht.

Ich denke
an unsere Tochter,
die wie
ein Mädchen aussieht.

Ich denke
an unsere Großtochter,
die jetzt ein richtiges
junges Mädchen ist.

Ich schwärme
wieder neu
für das Wort
Mädchen.

Nach einem langen Tag

Jetzt einschlafen
für immer,
reckst du dich wohlig
im geliebten Bett.

So einverstanden
mit dem Letzten
beschämst du
mein pochendes Herz.

Hilfreicher
hast du mir nie
gute Nacht gesagt.
Werde ich mich erinnern?

Schönes Geräusch

Wenn du wegfährst,
stehe ich draußen an der Straße,
winke dir Mut zu
und lache.

Innen aber
wartet schon alles
auf das schöne Geräusch
des heimkehrenden Wagens,

wenn du einfährst in die Garage
und den Motor
noch einen Augenblick laufen lässt,
ehe du ihn abstellst.

Übergänge

Von unserm Jüngsten
geträumt,
als er
noch klein war.

Schläft er schon?
fragte ich
und trat leise
an sein Bett.

Oder war es
unser Enkelkind,
vom Tage
erschossen?

Sah ich
mich selbst
dreijährig
im Schlaf?

Orte, Zeiten,
Bilder, Gesichter –
alles geht langsam
ineinander über.

Lebendürfen
in Sterbenmüssen,
Lebenmüssen
in Sterbendürfen.

Überraschungen mit dem Nächsten

I

Ich,
ein Deutscher
mit Prinzipien und gutem Willen,
sitze eben daran,
mein bisschen Englisch aufzupolieren,
die heilige Sprache der Ökumene.
Da steht
weder deutsch noch englisch
ein Franzose in der Tür,
gestikuliert verzweifelt
und will
irgendetwas Spanisches von mir.

II

Sonntagnachmittag.
Ich tippe an einem Artikel
über die Nächstenliebe.
Die Redaktion wartet.

These 1: Der Nächste
aus heiterem Himmel.
These 2: Sich unter-
brechen lassen können.

These 3: – da kommt
mein kleiner Sohn:
Spielst du mit uns
noch Mau-Mau? Bitte!

Stör mich nicht, keine Zeit,
will ich antworten.
Aber der Quälgeist
hat schelmische Augen.

Ja, gut, ich komme,
mischt schon die Karten,
sage ich, laut These 1
überrumpelt,

und lasse, indem ich
These 2 praktiziere,
These 3 und die Redaktion
warten.

Ungewiss

In mir
ist etwas von dir.
In dir
ist etwas von mir.

Liebe ich
dich in mir?
Liebe ich
mich in dir?

Liebst du
mich in dir?
Liebst du
dich in mir?

Und wenn was –
ein Grund
mehr oder weniger,
zu lieben?

Versteckspiel

Versteck dich
hinter deinem Lachen.
Ich verstecke mich
hinter meinem Ernst.

Versteck dich
hinter deinem Reden.
Ich verstecke mich
hinter meinem Schweigen.

Versteck dich
hinter deinem Gehen.
Ich verstecke mich
hinter meinem Bleiben.

Lachen und Ernst,
Reden und Schweigen,
Gehen und Bleiben –
alles sagt:

Such mich!

Von dir zu dir

Vor dir heute
flüchte ich
zu dir gestern.

Von dir gestern
hoffe ich mich
zu dir morgen.

Alle Tage mein Weg:
Von dir
zu dir.

Wechselmüde

Meiner müde
werde ich
wach
für dich.

Deiner müde
werde ich
wach
für mich.

Deiner müde
wirst du
wach
für mich.

Meiner müde
wirst du
wach
für dich.

Wessen müde,
wach für wen –
wann
sind wir kuriert?

Zu zweit

Wir beide meinen uns zu kennen.
Mit einem Mal ist alles fremd.
So viele Worte, die uns trennen,
und so viel Schweigen, das uns hemmt.

Ob meinet- oder deinetwegen,
wir können einfach nicht dafür.
Es bleibt des Rätsels Unvermögen,
wir stehen draußen vor der Tür.

Es gibt nur Einen, dessen Worte
die Fremdheit lösen und den Bann.
Es gibt nur Einen, der die Pforte
zum Eigentlichen öffnen kann.

Zur eigenen Ermutigung

Gott hat mich viel reicher
gemacht, als ich dachte.
Ich danke ihm herzlich,
indem ich mich achte.

Ich schließe die Augen
und sehe nach innen.
Ich schließe die Ohren,
um mich zu gewinnen.

Ich schließe die Lippen
und atme das Schweigen.
Ich horche zur Mitte,
mir selber zu Eigen.

Ich lerne mich kennen,
mein Pochen und Zittern
und meine Gefühle,
die süßen und bittern.

Der Sinn, den ich suche,
liegt in mir beschlossen,
wo Ängste sich klären
und Hoffnungen sprossen.

Im Freiraum der Ruhe
kann ich mich ergründen,
um wieder erleichtert
zum Tagwerk zu finden.

Gott hat mich viel reicher
gemacht, als ich dachte.
Ich danke ihm herzlich,
indem ich mich achte.

Verzeichnis der Gedichte

Bibliografie

Das lyrische Werk von Detlev Block

Gärten am Wege	Hildesheim 1964
Heimweh und Gnade	Hamburg 1965
Leise Ausfahrt	Wien 1967
Argumente für Ostern	Hamburg 1969
Amateur-Astronomie	Göttingen 1969, 3. Aufl. 1993
Dem Lobpreis zugewandt	Neuffen 1972
Nichts ist botschaftslos	München 1972
Der Telegrafenmast	Hamburg 1975
Passantenherz	Hamburg 1977
Stichprobe. Mit Aquarellen von Hilde Heyduck-Huth	Neuffen, 1977, 2. Aufl. 1982
Anhaltspunkte. Gesammelte Gedichte	München 1978, 2. Aufl. 1983
Ich nehme mich immer mit	München 1980
Kleine Anfrage an den Pächter	Freiburg/Heidelberg 1983
Hinterland. Gesammelte Gedichte	Stuttgart 1985
Spatzen im Lorbeer	Stuttgart 1989
Anhaltspunkte (Taschenbuch)	Konstanz 1994
Lichtwechsel. Gesammelte Gedichte	Göttingen 1999
Das Gefühl zu leben	Hockenheim 2006
Der Himmel hat viele Farben	Oldenburg 2006
Tapfer bis fröhlich	Göttingen 2009